I0548506

LES BEAUX JOURS

DE

L'EMPEREUR.

Du même Auteur :

VARIÉTÉS POÉTIQUES

(1842—1844).

Deux volumes in-dix-huit.

(C.)

Paris. — Typographie SCHNEIDER et LANGRAND, rue d'Erfurth, 1.

LES BEAUX JOURS

DE

L'EMPEREUR

POËME HISTORIQUE

PAR ALEXANDRE TARDIF.

PARIS,

LIBRAIRIE DE DAUVIN ET FONTAINE,

PASSAGE DES PANORAMAS, 35, ET GALERIE DE LA BOURSE, 1.

1845

LES

BEAUX JOURS DE L'EMPEREUR.

1804 — 1840.

Beaux jours de l'Empereur! ils sont en abondance;
Tout le temps que dura son règne sur la France,
Le soleil de la gloire a souvent resplendi;
Qui les choisirait bien pourrait être applaudi...

Dans ce nouveau travail, sans espoir de portée,
Puisse une intention, au moins, être comptée!

———

Il touchait à sa fin le temps du consulat;
Malgré Carnot, les vœux de tout le tribunat
Appelaient le consul Bonaparte à l'empire;
Le corps législatif en ce sens-là conspire,
Et bientôt à Saint-Cloud du beau nom d'Empereur
Le sénat récompense un général vainqueur.
Napoléon répond : « Au bien de la patrie
Tout ce qui contribue, à mon bonheur se lie;
J'accepte un titre ainsi servant la nation.
Quant à l'hérédité, je veux la sanction
Du peuple; j'ai l'espoir qu'avec les miens la France
N'aura nul repentir de sa munificence,
Mais je suis étranger à ma postérité,
Le jour où des Français elle a démérité. »

———

La Légion d'honneur, en deux ans de durée,

Sur ses réceptions n'était pas éclairée ;

La première se fait en l'asile où Louis [1]

Aux braves mutilés réserva des appuis.

Napoléon préside à la cérémonie ;

Aux soldats qu'enflammait l'amour de la patrie,

Il dit : « Lorsque vos mains ne pouvaient vous parer,

Votre Empereur lui-même a dû vous décorer. »

Les blessés honorés, à leurs frères il pense,

Et du camp de Boulogne il franchit la distance.

C'était le quinze d'août [2], la Saint-Napoléon ;

De cent mille guerriers une réunion

Se mouvait à la voix d'un maréchal illustre [3] ;

Au centre était un trône empruntant tout son lustre

Aux drapeaux ennemis, conquêtes de Lodi,

D'Arcole, d'Aboukir, Marengo, Rivoli.

Napoléon se montre ; au roulement immense

De deux mille tambours succède le silence ;

Entouré de parents, maréchaux, officiers,

Il prononce un serment, celui des chevaliers,

Ajoutant : « Vous, soldats, au péril de la vie,

Vous jurez de sauver notre honneur, la patrie

Et l'Empereur ! » Déjà tous énergiquement

Ont dit : « Nous le jurons ! » Dans le même moment,

Pour faire voir encor le feu qui les anime,

Tous les soldats, avec un accord unanime,

Élèvent leurs bonnets, leurs chapeaux, tous en chœur

Ne répétant qu'un cri, que : « Vive l'Empereur ! »

———

Dans le temps d'un hiver aux rigueurs inouïes,

Le jour était venu de deux cérémonies,

Sacre et couronnement... Le canon retentit,

Le couple impérial, est au temple introduit.

Les bénédictions ayant été données,

Les Majestés se sont à l'autel prosternées ;

Le pape offre l'anneau, l'épée à l'Empereur,

Puis le manteau ; tenir le globe est un honneur

Pour le grand officier, et la main de justice

Et le sceptre portés, que le genou fléchisse !

L'impératrice alors reçoit chaque ornement ;
Les archichancelier et trésorier aidant,
Napoléon saisit pour son front la couronne,
Et c'est une autre après qu'à Joséphine il donne.
Pendant ces actions, le pape, plein d'ardeur,
Pour le couronnement implorait le Seigneur.

———

Avec le général est-ce la république ?
Bonaparte revêt l'uniforme héroïque,
Celui de Marengo ; vainqueur reconnaissant,
Il veut en Italie offrir un monument
Aux guerriers moissonnés dans l'illustre journée.
Du souverain aussi la présence est donnée
A Milan, et c'est là, qu'avec toute splendeur
Charlemagne reçoit un noble successeur.
Napoléon saisit encore une couronne,
La place sur sa tête et dit : « Dieu me la donne,
Malheur à qui la touche! » Un digne vice-roi
Dut des Italiens faire bénir sa loi.

2

Par ses grands résultats, par son immense gloire,
De l'empire Austerlitz est première victoire;
Quelle voix répondrait de sa description?...
De l'Empereur voici la proclamation :
« Soldats, je suis content; avec cette journée,
De ce que vous valez la preuve m'est donnée;
Vos aigles ont reçu les immortels honneurs.
Cent mille hommes, guidés par leurs deux empereurs [5],
En quatre heures, en moins de temps, se dispersèrent;
Ceux qu'épargna le feu, dans les lacs se noyèrent.
Quand je dus ma couronne aux désirs des Français,
Soldats, c'était à vous que je me confiais,
Pour qu'elle fût fidèle à cet éclat de gloire
Qui seul à sa grandeur pouvait me faire croire.
Mais l'ennemi pensait, dans le même moment,
A sa destruction, son avilissement;
La couronne de fer, par tant de morts conquise,
A d'autres ennemis était bientôt acquise :
Téméraires projets, par vous anéantis
A mon anniversaire. Ils l'ont de vous appris :

Nous braver, menacer est peut-être facile,

Mais on trouve avec nous la victoire indocile.

Soldats, que le bonheur, que la prospérité

De notre pays soit une réalité,

Je vous ramène en France; objet de ma tendresse,

Mon peuple reverra l'armée avec ivresse,

Et lorsque vous direz : Je reviens d'Austerlitz,

« C'est un brave ! » Ces mots vous auront accueillis. »

Lorsque luit d'Iéna la nouvelle journée,

A l'Empereur ainsi la parole est donnée :

« Soldats, les ennemis sont encore coupés,

Comme Ulm les présentait. Ils ne sont occupés

Qu'à se frayer passage et regagner leurs lignes;

Il faut les arrêter ou devenir indignes.

Partout ces cavaliers sont en vain renommés;

Pour eux la baïonnette et des carrés fermés. »

Ces mots ont des guerriers augmenté le courage;

Iéna de Rosbach anéantit l'outrage.

A Postdam l'Empereur visite le caveau
Qui du grand Frédéric renferme le tombeau ;
Puis du héros prussien il enlève l'épée.
« Plus que de millions ma vue en est frappée,
Dit-il ; les vieux guerriers [6] bientôt la recevront :
Hanovre, tes débris avec respect verront
Ce fer dont se servait un fameux capitaine ! »
Son cœur est un instant en proie à quelque peine,
Quand les Français vainqueurs sont entrés à Berlin :
Le prince de Hatzfeld, au si brillant destin [7] !
Fut un traître et la mort l'attendait ; la princesse
Pensant qu'à son mari c'est l'erreur qui s'adresse,
Bientôt mère, se jette aux pieds de l'Empereur
Qui lui montre un écrit excitant sa terreur.
« C'est la preuve du crime, à vous donc cette lettre,
Madame ; que le feu la fasse disparaître !
Anéantie, alors mes ordres seraient vains
Pour faire condamner des complots incertains. »

Pour effacer d'Eylau la sanglante mémoire,

Napoléon voulait une grande victoire ;

Friedland répondit à ce noble désir.

De Marengo (comment ne pas s'en souvenir?)

C'était l'anniversaire; en cette lutte immense

L'Empereur de la guerre étala sa science.

Après, d'hostilités une suspension

Permit de souverains une réunion ;

Le Niémen offrit une scène imposante :

Celui qui se couvrait d'une gloire éclatante,

Celui dont les soldats étaient tous terrassés,

Se donnèrent la main et se sont embrassés.

A Tilsitt le héros recevait une reine [8],

Remarquable en beautés, puis accordait sans peine

Aux soldats ennemis le signe de l'honneur

Qu'ils avaient mérité par la seule valeur.

Enfin le mariage [9] unissait à son frère

Une princesse aimable et d'un haut caractère.

Erfurth grandit ensuite avec les souverains
De France et de Russie ; en des liens certains
L'amitié les unit.... Une foule idolâtre
Un soir les contemplait tous deux dans un théâtre ;
Au moment où l'acteur disait ce vers fameux :
L'amitié d'un grand homme est un bienfait des dieux !
« Chaque jour je l'éprouve, » avait dit Alexandre ;
Et dans toute l'Europe on aimait à l'entendre.

———

Wagram est arrivé !... quand déjà l'Empereur
Va dire d'attaquer, l'ennemi sans lenteur
Prend l'offensive ; alors, dans sa course rapide,
Napoléon fait voir par un geste intrépide
Quatre hauteurs ; les chefs comprennent aisément,
Et d'agir tout soldat montre un désir ardent..
L'attaque est commencée et l'archiduc l'emporte ;
Mais l'Empereur paraît, et l'armée est plus forte...
Il se tient au milieu des feux ; au nom de tous,
Lamarque le voudrait soustraire à de tels coups...

Napoléon reçoit une grave nouvelle,

« Que Masséna commence une attaque nouvelle,

Et nous sommes vainqueurs. » En pourrait-on douter,

Lorsqu'il le dit ? Pourtant il le faut acheter :

Lasalle meurt, l'honneur de la cavalerie ;

Généraux, colonels [10] perdent aussi la vie.

———

Pour recueillir sa gloire il n'est donc pas d'enfant !

De son premier hymen jamais de descendant...

Il faut abandonner la digne Joséphine,

Et pour d'autres liens que l'on se détermine.

D'abord sur la Russie on arrête le choix,

Mais la duchesse est jeune, et l'empereur François [11]

Est jugé digne après d'une telle alliance.

Bientôt l'archiduchesse est arrivée en France ;

Du futur dont la gloire avait dû la toucher

Un écrit sur la route attend chaque coucher...

On se rend à Compiègne où l'Empereur réside,

Lorsque, ne prenant plus que son ardeur pour guide,

Avec le roi de Naple il dépasse Soissons.

L'archiduchesse vient; sans d'illustres façons,

Il est dans sa voiture... Un déjeuner propice

Le lendemain fut près d'un lit d'impératrice.

Paris accueille enfin les illustres époux,

Et le Louvre reçoit les serments les plus doux,

Devant des souverains et le sacré collége;

De huit mille assistants c'est un brillant cortége.

Pendant cette journée, à la ville, à la cour,

Il n'était qu'une ivresse et de joie et d'amour.

Bientôt Napoléon exaucé sera père;

Avoir un fils, voilà ce que son cœur espère!

Le vingt mars il est né... L'Empereur transporté

A ceux qui l'attendaient l'a déjà présenté;

A tous il a déjà dit : « C'est un roi de Rome! »

Cent-un coups de canon pour le fils du grand homme,

Pour Napoléon deux... un merveilleux bonheur

Unissait les Français avec leur Empereur.

C'était tout pour sa vie... Après bien des années,
Lui mort, il eut aussi deux illustres journées.

De sacriléges mains avaient pu renverser
Le bronze de celui qu'ils venaient d'encenser.
Lorsque mil huit cent trente eut débrouillé sa tâche,
A la colonne veuve on pensa sans relâche ;
Mil huit cent trente-trois, en juillet, lui rendit
Napoléon le Grand avec le simple habit
Sous lequel l'Empereur, en ses luttes guerrières,
Apparaissait souvent aux fêtes populaires.

A Sainte-Hélène, hélas ! il avait son tombeau...
Qui donc pouvait lui rendre un hommage nouveau ?
L'Angleterre permit à ses cendres la France.
Vers *les bords désirés* Napoléon s'avance ;
Cherbourg l'avait reçu, le Havre l'avait vu,
Et Rouen salué son aspect imprévu.

5

A Courbevoie enfin le grand homme repose,

Et pour le lendemain c'est son apothéose.

Le théâtre, choisi pour pareille action,

De chacun attirait la vive attention :

Près du pont de Neuilly le temple grec s'élève,

Sur le pont la colonne octogone se lève ;

Au devant, Notre-Dame à qui les matelots

Adressent leur prière en se livrant aux flots,

L'arc de triomphe est ceint d'éclatantes bannières

Rappelant par leurs noms nos phalanges guerrières ;

Comme au jour de son sacre habillé, l'Empereur

Est sur la plate-forme, en toute sa splendeur :

Appuyé sur la Paix, appuyé sur la Guerre,

La Gloire et la Grandeur l'annoncent à la terre ;

De l'Étoile à la place, aux Champs-Élysiens,

En colonnes, drapeaux, empire, tu reviens !...

Ici l'allégorie offre douze statues,

Indiquant à chacun des victoires connues ;

Au pont de la Concorde, on contemple ravi

La Sagesse, la Force et la Justice aussi ;

Puis Mars, l'Agriculture, ensuite l'Éloquence ;

Les Beaux-Arts, le Commerce y marquent leur présence ;

Devant les députés c'est l'Immortalité...

De nos rois, nos héros le nombre est limité

A trente-deux, devant l'hôtel des Invalides.

Dans l'église, les noms des guerriers intrépides

Qui restent grands encore auprès de l'Empereur,

Reçoivent sur le cippe un immortel honneur ;

Au fond, un catafalque avec une Victoire,

Et puis une coupole aux drapeaux de la Gloire.

Cinq heures du matin !... Malgré le froid, la nuit,

Par un seul grand désir chacun semble conduit ;

Des groupes variés se mêlent dans les rues,

La garde citoyenne a toutes ses recrues,

La ligne marche ; tous à l'ouest de Paris !...

Et des îlots du roi les bords sont envahis.

Dix heures et demie, et voilà le cortége !

De *vive l'Empereur !* le cri partout l'assiége ;

Quatre cent mille voix le répètent encor,

Cette fois seulement... Dans leur sublime accord,

Les vieillards qui jadis ont illustré nos armes,

Les élèves [12] aussi répandent mêmes larmes...

Et le ciel fut d'azur, ainsi qu'en d'autres temps

Où pour Napoléon les jours étaient brillants.

FIN.

NOTES.

[1] Louis.

Louis XIV, fondateur de l'hôtel des Invalides (1675).

[2] Août.

Prononcez *out* (Dictionnaire de l'Académie, 6ᵉ édit., 1835).

[3] Un maréchal illustre.

Soult (Jean-de-Dieu), duc de Dalmatie.

[4] Un digne vice-roi.

Beauharnais (Eugène-Napoléon), duc de Leuchtenberg, mort en 1824.

[5] Deux empereurs.

Les empereurs d'Autriche et de Russie.

[6] Les vieux guerriers.

Aux Invalides.

[7] Au si brillant destin.

Napoléon avait nommé le prince gouverneur civil de Berlin.

[8] Une reine.

La reine de Prusse.

[9] Le mariage.

Celui du prince Jérôme Bonaparte et de la princesse Frédérique Catherine de Wurtemberg.

[10] Généraux, colonels.

Les généraux Gauthier, Lacour, et sept colonels.

[11] François.

François II, empereur d'Autriche.

[12] Les élèves.

Ceux des écoles militaires.

FIN DES NOTES.